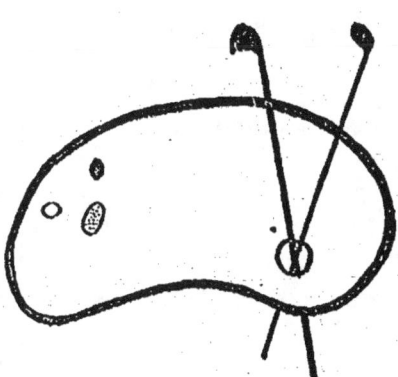

ORIGINAL EN COULEUR
NF Z 43-120-8

Couverture supérieure manquante

PUBLICATIONS DU MÊME AUTEUR

Vie et Inventions de Philippe de Girard, inventeur de la filature mécanique du lin.

Curieux procès du paratonnerre de Saint-Omer.

Cause célèbre du Gueux de Vernon.

Procès de Jacques Cœur.

Biographies des grands Inventeurs dans les sciences, les arts et l'industrie.

Un écrivain national au xve siècle : **ALAIN CHARTIER.**

PARIS. — TYPOGRAPHIE A. POUGIN, 13, QUAI VOLTAIRE. — 7858.

HISTOIRE

D'UN

JEUNE DÉTENU

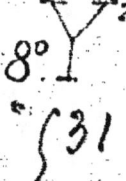

PARIS, · · TYPOGRAPHIE A. POUGIN, 13, QUAI VOLTAIRE. — 3(14.

HISTOIRE

D'UN

JEUNE DÉTENU

PAR

GABRIEL JORET-DESCLOSIÈRES

AVOCAT A LA COUR D'APPEL DE PARIS

SECRÉTAIRE GÉNÉRAL DE LA SOCIÉTÉ DES ÉTUDES HISTORIQUES

Heureux celui dont l'enfance a été
bien gouvernée.

ORNÉ DE GRAVURES

PARIS

LIBRAIRIE DU MONITEUR UNIVERSEL

13 QUAI VOLTAIRE, 13

1877

CHAPITRE PREMIER

COMMENT JULES SÉGRAIN PARTIT POUR PARIS AVEC SON PÈRE

CHAPITRE PREMIER

Comment Jules Ségrain partit pour Paris avec son père.

La place du vieux château de Vire, sorte de promontoire qu'entourent les sinuosités de la riante vallée rendue célèbre par les refrains bachiques d'Olivier Basselin, présente un aspect des plus pittoresques.

Un donjon démantelé, dressant les ruines de ses hautes murailles au-dessus de la cime des arbres touffus d'une belle promenade, semble contempler gravement, à travers ce rideau de verdure, les nombreuses et riches usines élevées par l'industrie moderne au pied de ce sombre témoin de la féodalité.

De l'esplanade, on descend dans la vallée par des sentiers bordés de haies vives, tracés en zig-zag le long des flancs escarpés du rocher. Ces sentiers aboutissent à des ruelles qui montraient encore, çà et là, vers 1840, des maisons gothiques aux pignons de bois sculpté, éclairées par de petites fenêtres à carreaux de plomb.

Parmi ces masures, on remarquait une sorte de hutte n'offrant plus trace d'architecture.

La porte délabrée tenait à peine sur ses gonds, le toit défoncé laissait passer le vent et la pluie.

La disposition intérieure de ce logis était des plus misérables.

Un mauvais grabat, un escabeau de bois composaient tout le mobilier de ce triste réduit habité cependant par deux êtres humains.

Le propriétaire de cette cabane, Jean Ségrain, ouvrier tisserand, plongé dans le dénûment par son inconduite, avait fait mourir sa femme de chagrin et augmentait, chaque jour, par ses habitudes d'ivrognerie, l'affreuse misère qui le

VUE DU CHATEAU DE VIRE

1.

soumettait ainsi que son pauvre enfant, Jules, aux plus dures privations.

Depuis longtemps déjà, Ségrain formait le projet de quitter son pays et de venir chercher fortune à Paris, refuge des désespérés; mais il manquait de l'argent nécessaire pour payer son voyage et les dépenses des premiers jours passés sans travail.

Si Jean Ségrain eût été un homme prévoyant et bon, il eût songé, avant tout, aux hasards qu'il ferait courir à son enfant âgé de douze ans, d'une santé chétive et que les chances de la vie pouvaient exposer à rester seul, abandonné, dans une grande ville.

Cette pensée n'arrêta pas un instant les projets de l'ouvrier tisserand, il voulait quitter Vire; dès qu'il aurait cent francs, il se mettrait en route. Réunir cent francs! Problème insoluble pour un dissipateur, un mauvais ouvrier qui buvait sa semaine avant de la gagner.

Jules, nourri par la charité des voisins de son père, semblait devoir rester longtemps encore à jouer sur la grande place du vieux château avec les gamins de son âge, lorsqu'un incident imprévu vint, malheureusement, donner un autre cours à sa destinée.

La masure habitée par Jean Ségrain limitait, au midi, le jardin d'un petit rentier économe, gémissant, chaque jour, de voir la hutte de son voisin projeter de l'ombre sur les plates-bandes de son potager.

Le rentier, bon calculateur, attendait le jour où Ségrain, pressé par le besoin, serait à sa merci et lui livrerait, presque pour rien, la cabane qu'il se proposait d'abattre.

Un soir, les deux voisins se rencontrèrent.

Ségrain revenait de son travail, le rentier sortait de son jardin.

— Eh bien! notre bourgeois, vous ne voulez donc pas m'acheter ma maison?

— Votre maison! Jean, dites votre terrier.

— Appelez-la comme vous voudrez; mais combien en donnez-vous?

— Deux cents francs! c'est tout ce qu'elle vaut.

— Deux cents francs? vous irez bien jusqu'à trois cents?

— Non ! Deux cents, c'est mon dernier mot.

— Vous voulez gagner avec le pauvre monde ! Va pour deux cents francs ; faites un écrit, je signerai demain matin.

A l'heure dite, l'ouvrier tisserand se trouvait chez le rentier, approuvait l'acte, sous signature privée, contenant vente de sa masure avec « *ses circonstances et dépendances* », et le soir, à six heures, la diligence des messageries Laffite et Caillard, desservant la ligne de Saint-Malo à Paris, recevait dans sa rotonde Jean Ségrain et le petit Jules.

Deux jours après, ils prenaient gîte chez un logeur de la Cité, rue de la Calandre.

CHAPITRE II

CE QUE JEAN SÉGRAIN ET SON FILS JULES
DEVINRENT A PARIS

CHAPITRE II

Ce que Jean Ségrain et son fils Jules
devinrent à Paris.

Sous prétexte de trouver de l'ouvrage, Ségrain passa les premiers jours de son arrivée dans le désœuvrement le plus complet; parcourant la ville, s'arrêtant chez les marchands de vins, dépensant ainsi la meilleure part de la somme qui lui restait après prélèvement de ses frais de voyage.

Pendant les absences de son père, le petit Jules restait confié à la garde de la maîtresse du garni, brave femme, bien incapable de commettre une méchante action; mais plus préoccupée d'échanger des cancans avec ses

2

voisines que de surveiller l'enfant laissé à ses soins.

Jules Ségrain était de chétive apparence. Sa physionomie fine, ses yeux bleus, ses longs cheveux blonds, lui donnaient un air de douceur qui contrastait singulièrement avec les mines pâles et amaigries des gamins de Paris, passant leur vie dans les rues de la Cité, jouant au bouchon, faisant la petite guerre.

Jules avait d'abord considéré de loin, avec timidité, les jeux bruyants de ces gamins, puis il s'était rapproché d'eux et avait lié connaissance.

Parmi ces enfants, on remarquait un plus grand garçon pouvant avoir dix-sept ans. Ses traits durs, son geste nerveux, un vieux et sale bonnet de police qu'il portait sur le coin de l'oreille, lui donnaient une apparence de commandement sur ses camarades, qui montraient à son égard des sentiments de crainte et d'obéissance.

Ce chef redouté, auquel la petite compagnie de la rue de la Calandre était soumise, s'appelait BRADÈRE.

Il comprit le parti qu'il pouvait tirer d'une nature docile comme celle de Jules Ségrain.

Dans la crainte de l'effrayer par la rudesse de ses allures habituelles, il prit un ton affectueux et lui dit d'une voix caressante :

— Mon petit ami, ne vous ennuyez-vous pas à toujours rester seul? Vous nous regardez sans vous mêler à nos amusements. Partagez nos jeux, vous verrez que nous sommes de bons camarades.

Jules accepta, ne se doutant guère du piége dans lequel il allait tomber.

Aucune tentative n'arrêtait Bradère secondé par ses *hommes.* S'agissait-il de s'emparer du fouet d'un cocher, de prendre les pommes d'une marchande de fruits ou de dérober des jouets à l'étalage d'un bimbelotier, Bradère organisait l'expédition; ses éclaireurs, habilement lancés en avant, occupaient le *sujet* qu'il s'agissait de filouter, tandis que lui, le *maître,* se chargeait de consommer le *détournement.*

La première fois que Jules vit exécuter une

manœuvre de ce genre, son honnêteté native se révolta.

— Je ne veux plus rester avec vous! s'écria-t-il.

Mais les petits coquins lui firent comprendre que s'il les dénonçait, ils le battraient, et, qu'à tout prendre, il mènerait meilleure vie dans leur association que chez un chef d'atelier qui l'obligerait à travailler du matin jusqu'au soir.

Si Jules Ségrain eût trouvé près de lui protection et bon conseil, ces dangereuses influences seraient restées impuissantes ; malheureusement, son père, placé comme homme de peine dans le faubourg Saint-Antoine, chez un fabricant de meubles, s'était arrangé avec la maîtresse du garni de la rue de la Calandre pour lui laisser le petit Jules en pension, moyennant un modique salaire.

Le pauvre enfant était donc livré, sans défense, aux funestes exemples de ses nouveaux et dangereux camarades.

Un méfait des plus graves ne tarda pas à décider de son avenir.

L'ambition du chef de bande Bradère grandissait avec le succès, l'impunité développait son audace.

Entreprenant d'organiser financièrement « *sa compagnie* », il voulut donner « *à ses hommes* » une solde régulière.

L'achat par des brocanteurs-recéleurs des divers objets que la bande Bradère parvenait à dérober aux petits marchands, ne suffisant plus pour permettre la distribution d'une *haute paye*, le *maître* résolut de frapper un grand coup.

Après délibération en conseil, on décida que la bande *travaillerait* chez un débitant de vins des environs de l'Hôtel-de-Ville.

Tandis que Bradère simulerait, avec deux de ses camarades, une rixe dans l'arrière-boutique, les autres feraient le guet, puis Ségrain, protégé par sa jeunesse et son air candide, se glisserait dans le magasin, fouillerait le comptoir, prendrait tout ce qu'il pourrait emporter.

L'exécution de ce plan montra chez ces enfants un aplomb à commettre le mal vraiment effrayant.

2.

Le soir venu, la bande Bradère fêtait dans un cabaret de la barrière de Belleville l'heureuse conclusion de cette *affaire*, lorsque la police surprit et arrêta le chef avec ses complices.

CHAPITRE III

CONDAMNATION DE BRADÈRE ET DE SA BANDE

CHAPITRE III

Condamnation de Bradère et de sa bande.

A peine Jules Ségrain fut-il enfermé dans la prison qui devait le détenir jusqu'au jour de sa comparution devant la justice, qu'il se prit à pleurer amèrement.

Il comprenait qu'il eût dû refuser d'obéir aux mauvaises inspirations de Bradère. Dans cette malheureuse *affaire*, Jules avait joué le rôle principal, il ne pouvait, croyait-il, compter sur l'indulgence des juges.

Le temps qui précéda sa citation devant la police correctionnelle lui parut bien long.

Enfin, le jour de l'audience fut désigné. La

bande Bradère, réunie sur le banc de la sep-
tième chambre, comptait neuf prévenus, leur
histoire se trouva tout entière dans leurs ré-
ponses aux questions du président.

Bradère, fils d'un artisan qui avait tenté de
lui donner de bons éléments d'instruction primaire, s'était montré, dès ses plus jeunes années,
indiscipliné. Menaces et punitions étaient restées inutiles, son père découragé, l'avait abandonné, sans plus s'en occuper, à ses mauvais
penchants.

Cette faiblesse coupable fixa, sans retour,
le sort de cette nature profondément pervertie.

Les complices de Bradère appartenaient à
trois catégories sociales que recrutent le plus
ordinairement les pénitenciers de jeunes détenus.

Les uns étaient nés d'un second mariage;
maltraités par leur beau-père ou leur belle-
mère, privés de toute direction, ils avaient fui
la maison paternelle.

Les autres, délaissés par leurs parents, appe-
lés hors de chez eux par la nécessité de leurs

travaux de chaque jour, s'étaient liés avec d'autres petits coquins de leur âge. Vagabonder, grappiller, c'était toute leur vie.

La troisième variété de ces délinquants, heureusement la plus rare, se composait d'enfants dressés au vice par leurs parents eux-mêmes et qui avaient débuté par servir à l'exécution de leurs mauvais desseins en jouant un rôle dans leurs mises en scène de mendicité, dans leurs tentatives plus graves de filouterie.

Dire comment et par quels moyens préventifs on aurait pu protéger ces enfants, les détourner de l'avenir qui les attendait, serait un problème des plus compliqués. Le premier élément à considérer dans l'examen de cette question si digne d'intérêt, se rencontre dans l'étude de la constitution de la famille. Presque tous ces enfants avaient subi les mauvaises influences de la brutalité, du désordre, de l'immoralité. D'instruction religieuse, d'éducation primaire et professionnelle, ils n'en avaient jamais entendu parler.

Ces petits malheureux, aujourd'hui sur les bancs de la police correctionnelle, ne connais-

saient de la vie que le côté rude, misérable,
jamais une parole de bon conseil, d'affection ne
leur avait été adressée.

Le tribunal estima que Bradère devait être
sévèrement corrigé. La faveur de l'art. 66 du
Code pénal ne pouvait lui être appliquée, son
âge, dix-sept ans, ne permettait pas de dire
qu'il avait agi *sans discernement*, d'ailleurs les
faits l'accablaient [1].

Bradère fut condamné à trois années d'emprisonnement.

Ses complices, y compris Ségrain, tous âgés
de moins de seize ans, furent acquittés, mais
envoyés dans une maison d'éducation correctionnelle pour y être détenus et élevés jusqu'à dix-
huit ans.

---

1. Art. 66 du Code pénal : « Lorsque l'accusé aura moins
de seize ans, s'il est décidé qu'il a agi *sans discernement*,
il sera acquitté ; mais il sera, selon les circonstances, remis à ses parents ou conduit dans une maison de correction
pour y être élevé et détenu pendant tel nombre d'années
que le jugement déterminera et qui, toutefois, ne pourra
excéder l'époque où il aura accompli sa vingtième année. »

Le simple récit que le petit Jules fit au tribunal de sa venue à Paris, de l'abandon dans lequel son père l'avait laissé, remplit l'auditoire d'émotion ; il était facile de voir que cet enfant, momentanément égaré, possédait une bonne nature qui, bien dirigée, serait devenue parfaite.

L'anxiété du public fut grande dans l'audience, lorsque personne ne répondit à cette demande du président :

« Le père se présente-t-il pour réclamer son fils ? »

Jules, fondant en larmes, guidé par un garde municipal dont la haute stature et l'air martial faisaient encore ressortir la petite taille et la grande jeunesse de l'enfant, sortit du banc correctionnel pour regagner le préau de la Conciergerie, dernière étape avant le départ pour la maison d'éducation correctionnelle.

CHAPITRE IV

LE PÉNITENCIER

CHAPITRE IV

Le Pénitencier.

Dans la soirée du même jour, une voiture cellulaire conduisit les jeunes détenus de la Conciergerie au pénitencier de la petite Roquette.

Les grands murs, les longs couloirs, les portes retombant avec un bruit sourd, tout ce spectacle de la maison de détention remplit l'âme du pauvre Jules d'un profond effroi.

Enfermé dans une cellule, plongé dans l'ombre et le silence, le malheureux enfant ne put fermer l'œil de toute la nuit, et quand le jour parut, Jules était accablé de douleur et de fatigue.

Quelques heures après le lever du soleil, la

division à laquelle Ségrain appartenait se mit au
travail. On entendait le bruit de divers métiers,
le chef d'atelier allait et venait dans les cellules,
distribuant l'ouvrage ; les gardiens aux pas réguliers parcouraient les couloirs commandant le
silence, punissant les turbulents.

Jules éprouva un violent battement de cœur
lorsqu'il entendit le verrou de la porte de sa
cellule glisser dans les anneaux de fer scellés
au mur.

Un prêtre entra, c'était l'aumônier de la petite
Roquette.

Quelques paroles affectueuses gagnèrent à
l'excellent ecclésiastique la confiance du jeune
détenu.

« Mon cher enfant, lui dit-il, prenez patience,
ne vous désolez pas trop. La société ne vous
range pas au nombre des grands coupables. Vous
êtes ici pour recevoir l'éducation qui vous manque. Votre père vous avait abandonné, le vaga-
bondage, la paresse vous auraient conduit au
crime. Dans cette maison, protégé contre les
mauvaises influences du dehors, vous vous pré-

VUE DE LA PETITE ROQUETTE

parerez à user honnêtement de la liberté.
. . . . . Je viendrai souvent vous visiter et je
vous entretiendrai de vos devoirs. »

Jules Ségrain était encore doucement ému
des bonnes paroles qu'il venait d'entendre, lorsque le chef d'atelier pénétra dans sa cellule.

—Voyons, mon garçon, comment es-tu taillé?
Montre-moi tes bras, sais-tu déjà un métier?

Jules répondit qu'il avait été, pendant quelques mois, employé dans une papeterie à trier
des chiffons, mais que là s'était borné tout le
travail de ses premières années.

— Alors, tu n'as pas plus de goût pour un état
que pour un autre. Je ferai de toi un ciseleur
sur métaux, tu parais avoir la main assez adroite.
Dans une heure, je reviendrai monter ton établi,
nous commencerons la première leçon.

Au chef d'atelier, succéda le gardien qui fit
connaître au jeune détenu les instructions régle-
mentaires prescrivant la bonne tenue des cel-
-lules, l'obligation du silence absolu, l'obéissance
réclamée par tous les agents de la maison de

correction : chef d'atelier, contre-maître, gardiens.

Cette première journée s'écoula sans que le
prisonnier eût trop à s'apercevoir de ce « *cruel
isolement* » si réprouvé par les adversaires,
souvent incomplétement renseignés, du système
cellulaire.

Dès les premiers temps, Jules Ségrain sentit
l'influence des salutaires moyens de moralisation qui devaient agir sur lui pendant son séjour
à la Roquette.

CHAPITRE V

PREMIÈRE ANNÉE DE DÉTENTION
JULES SÉGRAIN TOMBE DANGEREUSEMENT MALADE

CHAPITRE V

Première année de détention. — Jules Ségrain
tombe dangereusement malade.

Une semaine était à peine écoulée depuis l'incarcération de Jules Ségrain, qu'il était déjà ha-
bitué à sa cellule.

Son lit de fer, sa table de bois de chêne, sa
chaise tressée de grosse paille, les premiers outils du ciseleur, tout ce mobilier composait un
petit monde sur lequel le jeune détenu concen-
trait sa pensée. Jules, devenu pour son gardien
le numéro 347, avait fini par entrer dans sa vie
de chaque jour, sans trop se souvenir qu'il en
avait mené, jusqu'alors, une bien différente.

La détention cellulaire, tempérée par des dis-

4

positions prises pour sauvegarder la santé de l'enfant, pour éloigner de lui les communications funestes, réalise la première des conditions de l'amélioration morale.

Il faut laisser aux théoriciens, qui n'ont visité que très-superficiellement les maisons où ce système est pratiqué, les vaines déclamations sur les prétendus tourments insupportables de l'isolement.

L'homme qui travaille n'est jamais seul, il suffit de connaître les tristes conséquences produites jadis par la détention en commun, pour rester persuadé que le régime cellulaire mitigé, accommodé au tempérament, à l'âge des enfants, est indispensable à leur éducation correctionnelle, lorsqu'il s'agit notamment d'enfants élevés dans les grandes villes et que leurs inclinations y rappelleront nécessairement après leur libération définitive [1].

---

1. On sait, par exemple, que les jeunes détenus sortis de la maison des Madelonnettes, où le système en commun était pratiqué, retombaient très-promptement dans leurs

Le rôle du travail sur les habitudes et le caractère des jeunes détenus est d'une si grande
importance qu'ils se laissent entraîner au désordre dès qu'ils restent inoccupés.

Cet inconvénient se fit sentir peu de temps
après l'entrée de Ségrain à la Roquette.

Un matin, quelques instants après la distribution de la ration de pain et d'eau, Jules entendit
dans la division au-dessus de la sienne un vacarme épouvantable.

Les écuelles, les timbales en fer-blanc lancées
contre les murs des cellules retombaient avec un
bruit métallique accompagné du grincement produit par les chaises et les escabeaux traînés sur
le plancher.

---

premières fautes. A Paris, la date des fêtes de Noël et du
premier janvier leur était funeste. L'immense circulation
des promeneurs, l'étalage des milliers de petites industries
campées dans les baraques sur les boulevards leur offraient
des tentations de toute nature. Cette époque de l'année devenait pour les jeunes libérés la grande foire du larcin et de la
filouterie, les rendez-vous étaient pris pour cette fin de
saison ; la réunion des bandes se réorganisait dans des conditions plus dangereuses qu'avant l'incarcération.

La division retentissait de cris inhumains empruntés aux variétés du règne animal.

On entendait: le chant du coq, des aboiements de chiens de toute espèce, depuis le petit roquet jusqu'au dogue de garde, le bêlement du mouton, le grognement du porc, le braîment de l'âne.

Les surveillants couraient dans les couloirs, d'une cellule à l'autre, impuissants à calmer le tumulte, sans parvenir à découvrir les vrais coupables, qui se taisaient à leur approche.

Cette tempête de bruit dans ce lieu habituellement silencieux, exerçait sur Ségrain une sorte d'influence magnétique; il allait et venait dans sa cellule, trépignait sur place, bousculait ses outils; il se serait, à la fin, laissé entraîner aussi à lancer contre les murs ses écuelles et son escabeau, si le tapage ne se fût calmé tout à coup.

Aux pas réguliers devenus plus nombreux dans les galeries supérieures, il devint facile de comprendre que les gardiens avaient reçu du renfort et qu'une nouvelle brigade de surveillants occupait la division révoltée.

LA CELLULE D'UN JEUNE DÉTENU

Ségrain connut les causes de cette insurrection par les paroles suivantes échangées près de sa cellule.

Son chef d'atelier disait au surveillant :

— Ces gamins d'en haut ont donc le diable au corps, ce matin?

— Ils se plaignent que le pain est trop dur ; mais c'est un prétexte, le complot est organisé depuis plusieurs jours ; ils ont inventé un moyen de correspondre fort ingénieux et que nous avons découvert. Une combinaison de petits coups frappés contre les cloisons forme leur alphabet. Nous avons laissé faire jusqu'au bout, afin de surprendre les meneurs. Le grand cachot et les fers aux pieds mettront ces petits mutins pour quelque temps à la raison.

— Certainement ; mais il faut dire que ces enfants sont restés sans travail depuis une semaine, j'avais prévenu mon collègue, tout nouveau dans son service ; nos précautions doivent être prises à l'avance pour ne jamais laisser chômer l'apprentissage. Voyez dans notre division, nous n'avons jamais eu rien de pareil ; mai aussi mes approvisionnements sont prêts quinze jours à l'avance.

— C'est une justice à vous rendre. Et puis, vous avez soin d'apprendre à vos détenus un travail utile, pratique, qu'ils pourront continuer en sortant d'ici pour gagner leur vie. N'y a-t-il pas conscience à les tenir toujours le nez sur la même pièce; dans ces conditions, l'ouvrier devient une machine, si ce travail spécial manque, comment gagnera-t-il sa vie?

Jules Ségrain avait le bonheur, comme nous l'avons vu précédemment, d'appartenir à l'atelier des monteurs en bronze. Son maître, satisfait de sa bonne volonté, s'occupait volontiers de lui, ses progrès étaient rapides.

Le jeune détenu ne réussissait pas seulement dans le travail manuel; le bon aumônier qui le préparait à sa première communion, le frère de la Doctrine chrétienne qui lui enseignait la lecture, l'écriture, le calcul et les éléments du dessin linéaire n'étaient pas moins contents de son application.

Près d'une année s'était écoulée depuis l'entrée

de Jules Ségrain au Pénitencier, le résultat ac-
quis au point de vue moral et professionnel était
réel; mais le développement corporel de l'enfant
avait souffert d'un régime physique dont l'or-
ganisation laissait encore beaucoup à désirer.

Le manque d'exercice avait produit chez le
jeune détenu l'engorgement des jambes, un défaut de circulation du sang, le médecin prescri-
vit son transfèrement à l'infirmerie.

CHAPITRE VI

L'INFIRMERIE
LE MÉDECIN DES JEUNES DÉTENUS

CHAPITRE VI

L'infirmerie.— Le médecin des jeunes détenus.

Jules Ségrain fut, à l'infirmerie de la maison de correction, l'objet de soins assidus.

Plusieurs enfants étaient, comme lui, atteints de maladies causées par le défaut d'exercice.

L'excellent docteur attaché spécialement au service de la petite Roquette, se préoccupait de trouver un remède à ce très-grave inconvénient. On ne manquait pas de projets d'améliorations, mais la grande difficulté consistait à trouver de nouveaux modes de récréation. Les règles du système cellulaire s'opposaient aux jeux en commun. Pour réaliser un programme d'exer-

5

cices séparés, il était nécessaire d'introduire des modifications dans le matériel, d'augmenter le personnel des employés.

Rien n'est plus difficile qu'une réforme administrative.

Habitués au bon ordre créé par la soumission à l'usage suivi, les hommes d'administration sont naturellement portés, sans qu'on puisse les en blâmer, à résister aux innovations.

L'expérience doit justifier la théorie pour qu'ils adoptent volontiers le progrès proposé.

Le bon docteur avait en tête beaucoup d'idées dont il croyait l'application fort utile à la santé de ses jeunes malades.

On pouvait réaliser au moins une partie de ses combinaisons.

Le docteur trouvait que le temps réservé à la promenade dans le préau était trop court; il voulait non-seulement de plus longues récréations, bien réparties dans la journée; mais il considérait aussi comme très-important que ce temps fût réellement un moment de bon et sain exercice.

Comment les choses se passaient-elles?

Le détenu se promenait mollement dans le préau, restant même parfois immobile, appuyé contre le mur, plus triste encore dans cette prison en plein air que dans sa cellule.

— Pourquoi, disait le docteur, ne pas multiplier et agrandir les préaux? — Donnons à ces enfants quelques mètres de jardin à travailler; — organisons des gymnastiques permettant à un seul moniteur d'instruire les enfants répartis dans des préaux isolés et circulaires.

Ces vues excellentes n'étaient pas d'une réalisation facile. L'espace manquait pour augmenter les cours, le mètre de terrain atteignait, près de la Roquette, des prix exorbitants et le pénitencier coûtait déjà des sommes considérables; enfin, il fallait acheter un nombreux matériel de gymnastique, — l'entretenir, — le renouveler, — dépenses lourdes pour un budget déjà très-chargé.

Le docteur ne désespérait cependant pas de parvenir à faire triompher, un jour, ses projets.

Il se prenait parfois à souhaiter pour ses enfants, le grand air, la campagne, les travaux des champs; mais bientôt son expérience le ramenait à reconnaître que les soins de l'agriculture, excellents pour les détenus nés au village, destinés par leurs goûts et leurs habitudes à reprendre ces occupations, ne pouvaient convenir aux enfants de Paris.

La tournure de leur esprit, la vivacité de leur intelligence, leurs rapports de famille les destinaient à revenir fatalement dans la grande cité, dès le lendemain de leur libération. La pratique d'un métier industriel pouvant les faire vivre à la ville était donc indispensable pour eux. Dépayser momentanément ces enfants pour les voir, plus tard, revenir à Paris sans ressources et sans expérience, ce n'était pas atteindre le but poursuivi par l'éducation correctionnelle.

Ces problèmes agités par le bon docteur ne le distrayaient pas des soins très-attentifs de son service.

Jules Ségrain dut à l'énergique direction du

traitement auquel on lo soumit, de terminer bientôt sa convalescence.

Le deuxièmo mois, depuis son entrée à l'infirmerie, n'était pas expiré qu'il reprenait possession de sa cellule.

CHAPITRE VII

SÉGRAIN REÇOIT LA VISITE D'UN MEMBRE DE LA
SOCIÉTÉ POUR LE PATRONAGE DES JEUNES DÉ-
TENUS ET LIBÉRÉS DU DÉPARTEMENT DE LA
SEINE.

CHAPITRE VII

Ségrain reçoit la visite d'un membre de la Société pour le patronage des jeunes détenus et libérés du département de la Seine.

Le lendemain de la rentrée de Ségrain dans sa division, il reçut la visite d'un jeune homme qui s'informa avec une grande bonté de son passé, des causes de son arrestation, de sa famille, de ses moyens d'existence à sa sortie du pénitencier.

Ce visiteur interrogea aussi le jeune détenu sur son degré d'instruction religieuse et primaire.

— Je suis délégué près de vous, mon enfant, par une Société dont le but est de protéger les jeunes détenus lors de leur mise en liberté.

Vous savez déjà que vous obtiendrez cette faveur à titre provisoire, si vous savez vous en
rendre digne par votre bonne conduite et par
le zèle apporté à satisfaire tous ceux qui s'oc-
cuperont de vous ici.

Je viendrai souvent vous voir, je vous appor-
terai des livres, je m'entretiendrai avec vous,
et lorsque vous me paraîtrez digne d'être
mis en liberté, je commencerai les démarches
nécessaires.

— Pourrai-je apprendre, dit l'enfant, ce
qu'est devenu mon père, dont je n'ai pas eu de
nouvelles depuis mon arrestation ?

— Je tâcherai de le savoir, et je vous infor-
merai du résultat de mes recherches lors de ma
prochaine visite.

Le jeune détenu reçut, des paroles qui ve-
naient de lui être adressées, une profonde im-
pression. Un sentiment nouveau : L'espérance,
naquit dans son cœur; jusqu'à présent, des
consolations ou des enseignements lui avaient
été prodigués par les personnes attachées à la
maison d'éducation correctionnelle; mais il

pressentait que cette bienveillance ne dépasserait pas les murs de la prison, et il ne songeait pas sans effroi à l'abandon dans lequel il se trouverait à la sortie de la Roquette. Aussi, le délégué de la Société de patronage offrit-il à ses yeux une physionomie toute particulière. Ségrain comprenait qu'il était désormais sous la tutelle d'un ami se préoccupant non-seulement de le rendre à la liberté, mais de lui assurer dans le monde les moyens de gagner honorablement sa vie.

Les visites du délégué se succédèrent régulièrement à quinze jours d'intervalle ; il constatait les progrès réalisés par Ségrain dans son apprentissage, et l'examinait sur les notions de lecture, d'écriture et de calcul qu'il possédait déjà. Il l'exhortait à suivre religieusement les instructions de l'aumônier pour se préparer à sa première communion.

Ce ne fut pas sans peine que le membre de la Société de patronage de la Seine parvint à recueillir des renseignements sur le père de Ségrain ; il lui fallut écrire à Vire, lieu d'origine de la famille. On lui répondit que Ségrain était mort de mort violente, écrasé par une voiture un jour qu'il était tombé sur la voie publique dans un état complet d'ivresse.

Cette fin malheureuse d'un homme qui n'avait jamais bien vécu fut pour le patron de Jules Ségrain l'occasion de faire comprendre à son protégé les conséquences de l'inconduite.

La paresse et l'ivrognerie avaient chassé le père de son pays, amené sa perte et causé l'abandon de son enfant.

Le printemps de la deuxième année passée par Ségrain à la Roquette allait finir, et le jeune détenu comptait les mois qui, d'après les espérances données par le membre délégué de la Société de patronage, pouvaient encore le séparer de la mise en liberté provisoire, lorsqu'un bruit inquiétant se répandit dans la division occupée par Ségrain.

Le chef d'atelier et le gardien parlaient entre eux de transfèrement, de colonie agricole, d'éloignement de Paris.

Le délégué visiteur trouva Jules Ségrain

tout en larmes. . . . .
. . . . Il devait être dirigé sur la Corse.

Une pareille mesure était regrettable ; trans-
férer Ségrain presque à la veille de sa mise en
liberté provisoire, le livrer aux travaux de l'a-
griculture pendant une ou deux années, c'était
lui faire perdre le fruit de son apprentissage et
lui rendre très-difficile l'entrée d'un atelier lors
de son retour à Paris, après sa libération définitive.

Qu'un détenu robuste, maladroit de ses
mains, fût expédié en province pour remuer
de la terre, conduire des chevaux, chasser
des bœufs, on pouvait le concevoir ; mais une
pareille mesure ne convenait pas aux conditions
dans lesquelles le jeune détenu se trouvait
placé.

La nature délicate de Jules Ségrain, ses premiers essais comme ouvrier ciseleur, s'opposaient à ce qu'on fît de lui un manœuvre. Son
avenir pouvait se trouver gravement compromis
par ce projet de translation.

Des démarches activement poursuivies, sou-

tenues de bonnes raisons chaleureusement ap-
puyées par le délégué de la Société de patronage, déterminèrent un contre-ordre. Ségrain
fut maintenu dans la maison de la petite Roquette. La procédure de sa mise en liberté
provisoire fut commencée près du ministère de
l'intérieur.

CHAPITRE VIII

MISE EN LIBERTÉ PROVISOIRE DE JULES SÉGRAIN.

CHAPITRE VIII

Mise en liberté provisoire de Jules Ségrain.

Obtenir que le jeune détenu Ségrain ne serait pas transféré dans une colonie agricole, c'était, sans doute, un excellent résultat; mais d'autres listes de départ pouvaient être dressées, une erreur pouvait être commise, il était donc urgent pour le membre visiteur délégué de solliciter sa mise en liberté provisoire.

Les conditions rigoureusement exigées paraissaient remplies par Ségrain. Sa conduite au pénitencier avait toujours été bonne, il savait lire, écrire et calculer, il avait fait sa première communion avec un recueillement qui annon-

6.

çait un sincère repentir de sa faute ; son apprentissage était déjà très-avancé.

Dans cette situation, quels résultats l'éducation correctionnelle pouvait-elle encore produire? Ne convenait-il pas, alors que plus de la moitié du temps de correction prononcé par le tribunal était accompli, de rendre le détenu à la liberté et de lui permettre d'employer sa vie d'une façon salutaire à sa santé, utile à la profession qu'il se proposait de suivre?

La détention dans la maison de la Roquette, combinée avec une mise en liberté provisoire prudemment réglée, offre un moyen salutaire d'amélioration.

La raison veut que l'incarcération puisse cesser dès qu'elle n'est plus nécessaire à l'éducation correctionnelle, et ce serait aller contre le but cherché que d'atteindre le jeune détenu dans son développement physique, dans son avenir d'ouvrier.

Le comité de la Société de patronage, constitué pour examiner les propositions de mise en liberté provisoire faites par ses délégués près de la maison de la Roquette, fut d'avis unanime qu'il y avait lieu de solliciter de M. le ministre de l'intérieur la mise en liberté de Ségrain.

Si cet enfant eût pu assister à la réunion du comité, son cœur eût été profondément touché de la sollicitude paternelle avec laquelle sa situation avait été examinée.

A l'expiration des formalités administratives, Ségrain sortit de la Roquette. Un employé de la Société du patronage attendait le jeune libéré au parloir de la maison d'éducation correctionnelle. Ségrain fut conduit sous la garde de cet agent à l'asile de la Société, rue Mézières, n° 9.

Il faut renoncer à décrire l'enivrement que Ségrain ressentit lorsqu'au sortir de la Roquette il respira le grand air à pleins poumons.

Après plus de deux années d'emprisonnement, il renaissait à la vie active, au mouvement de la vie commune. A quels entraînements ce jeune homme n'eût-il pas été exposé sans la tutelle qui lui était accordée par le patronage?

Une existence nouvelle commençait pour
Ségrain. Contenu depuis deux ans par la discipline rigoureuse du pénitencier, il allait désormais agir librement, ayant la direction et la
responsabilité de ses actes, conseillé sans doute
par ses nouveaux tuteurs, mais surtout exercé
à se subvenir à lui-même et entretenu dans
cette idée que, maître de son avenir, il dépendra
de lui par sa bonne ou mauvaise conduite d'être
heureux ou malheureux.

CHAPITRE IX

LA MAISON D'ASILE DE LA SOCIÉTÉ DE PATRONAGE
LE PATRON. — L'ATELIER.

CHAPITRE IX

La maison d'asile de la Société de patronage.
Le patron. — L'atelier.

Le jeune libéré passa quelques jours à l'asile de la rue Mézières.

L'agent général de la Société de patronage s'occupa de lui trouver une place dans un atelier. Pendant ce temps, Ségrain fut mis au courant de la règle de la maison, on le présenta au patron, au membre de la Société qui, désormais, devait le surveiller plus particulièrement et le visiter chez son chef d'atelier.

Le nouveau tuteur du jeune libéré lui enseigna les obligations qu'il contractait vis-à-vis de la Société, sa bienfaitrice : obéissance, assiduité

aux réunions du Dimanche, travail exact chez
le maître d'apprentissage, soin des vêtements
confiés par l'agence, en un mot, conduite régulière. La Société, mécontente, pouvait obtenir
la réintégration du jeune libéré à la prison de
la Roquette pour un temps égal à celui qui
restait encore à courir en vertu du jugement
correctionnel.

L'atelier choisi pour Ségrain fut celui d'un
ciseleur de la rue du Grand-Chantier.

Après quelques jours d'essai, le maître, reconnaissant que l'apprentissage du jeune détenu
était avancé, promit qu'au bout d'une année
il passerait ouvrier.

Ségrain ne tarda pas à se faire aimer de ses
camarades d'atelier par son exactitude, sa po-
litesse, son ardeur au travail.

Lorsque son patron allait chaque mois le
visiter et s'informer de lui, il avait la satisfaction
de voir figurer la mention « Très-bien » à côté des
notes inscrites au livret; aussi, dans les grandes
séances du premier dimanche du mois, tenues
à l'asile, Ségrain obtenait-il le maximum de bons

points. Son capital de bonne conduite s'accu-
mula de telle sorte qu'il acheta, avec ces bons
points, un livret de caisse d'épargne, à la vente
aux enchères que la Société de patronage réa-
lisait tous les trois mois à l'issue de sa grande
séance du Dimanche.

Le jeune libéré retrouvait donc, après sa sortie de la maison d'éducation correctionnelle,
tous les éléments de moralisation réunis à la
Roquette. On peut dire que ces moyens agis-
saient même sur lui avec une plus grande puis-
sance.

Quel que soit le zèle des employés, il pro-
cède toujours plus de l'application à la règle
établie, que d'un sentiment cordial, ardent à
vouloir le bien, poursuivant constamment sa
réalisation.

A la Roquette, Ségrain n'était, s'il faut en
excepter le directeur et le bon aumônier, en
communication qu'avec des agents sans doute
très-scrupuleux observateurs de la discipline,
mais n'ayant pas de raison particulière de s'in-
téresser à lui plus qu'aux centaines d'enfants qui

7

étaient, depuis des années, passés sous leur sur-
veillance. Au patronage, le jeune libéré était
entouré d'amis animés de la volonté de le sou-
tenir dans la vie et de l'accompagner jusqu'au
moment où il serait à l'abri des chances mauvaises.

Ségrain, comprenait les efforts qui étaient
tentés dans son intérêt ; plein de reconnaissance
pour son patron, il éprouvait le plus grand dé-
sir de le satisfaire en toutes choses.

Laissons raconter par le jeune libéré, à l'un
de ses camarades d'atelier, les impressions qu'il
rapportait, chaque Dimanche soir, de l'asile.

—Tu as ce soir une bien belle cravate, Jules !
qui te l'a donnée ?

— Je l'ai achetée à la vente aux enchères de
ma Société pour vingt-cinq bons points.

— C'est une drôle d'idée de vendre des effets
d'habillement pour de petits morceaux de carton.

— Nous n'avons pas d'autre monnaie ; les
messieurs qui s'intéressent à nous tiennent,

avant tout, à ce que nous nous conduisions bien
et les notes de nos livrets sont récompensées par
des bons points ; chaque carton vaut un sou,
avec cela nous achetons des brosses, des pei-
gnes, des pantalons, des blouses; pour cent ou
deux cents bons points, nous obtenons un livret
de caisse d'épargne de 5 francs ou de 10 francs.

— Mais tes messieurs sont donc des maîtres
d'école, des professeurs? Je ne comprends pas
bien leur état.

— Les membres de cette Société se réunissent
librement et consacrent chacun une certaine somme pour subvenir aux dépenses du patronage,
ils appartiennent, les uns à la magistrature, les
autres sont avocats, médecins, fonctionnaires de
l'administration; leur affection pour nous inspire
les bons soins qu'ils nous donnent.

— Est-ce que ces personnes se réunissent
tous les Dimanches?

— Non, mais bien certainement le premier
dimanche de chaque mois.

— Cependant, tu vas toutes les semaines rue
Mézières?

— Oui, nous arrivons le Dimanche à onze heures, on nous donne des vêtements propres : souliers, pantalon, chemise, blouse ; puis, lorsque nous sommes remis à neuf, nous allons assister à la messe dans l'oratoire et entendre l'instruction religieuse de l'aumônier. Ce sont les séances ordinaires ou les petites séances.

— Que faites-vous de plus à la grande séance ?

— Le premier Dimanche de chaque mois, après la messe, le conseil, composé de tous les membres de la Société, se réunit pour entendre les rapports de chaque membre visiteur sur les patronnés qu'il surveille dans les ateliers ; la répartition des bons points est préparée ; puis on monte à l'oratoire.

La séance est ouverte par cette prière touchante composée à l'intention des patronnés :

« Mon Dieu, j'étais égaré, vous m'avez ramené
« dans la voie du travail et de la vertu ; je vous
« remercie du plus profond de mon âme ; ache-
« vez votre œuvre, ô mon Dieu ! donnez-moi la
« persévérance de tous les jours et de tous les
« instants ; ouvrez mon cœur et mon intelli-

« gence à la lumière de la vérité ; faites que je
« comprenne l'immensité de votre miséricorde.
« Que vos grâces retombent sur tous ceux qui,
« par amour pour vous et par dévouement à
« notre commune patrie, ont réuni leurs efforts
« pour me secourir et me diriger ; éclairez-les,
« secondez-les dans l'œuvre qu'ils ont entre-
« prise. Enfin, mon Dieu, comblez de vos bé-
« nédictions les plus douces tous ceux que
« j'aime : mes parents, mes maîtres, mes bien-
« faiteurs. Accordez-leur le don ineffable de la
« foi, de l'amour et de l'espérance. »

Ensuite, viennent des chants exécutés par
nous tous avec accompagnement de l'orgue ;
puis un membre de la Société prend la parole
et, dans une affectueuse causerie, il nous ensei-
gne un des devoirs de notre condition ; ainsi, depuis que je suis au patronage, j'ai entendu des
instructions sur : la probité, la persévérance,
l'ordre, la patience, la prévoyance, la bonté. A
l'enseignement moral se mêle un récit amusant,
de nature à tenir nos esprits en éveil et à nous
instruire d'exemple. La séance se termine par

7.

la distribution des bons points et, tous les trois
mois, par la vente aux enchères. C'est à cette
vente que j'ai acheté cette cravate qui vient d'é-
veiller ta curiosité et d'amener les questions que
tu m'as faites.

— Eh bien, elle me plaît, ta Société; elle pa-
raît composée de braves gens.

— Certainement, et ce que je viens de te dire
n'est qu'une part de leur œuvre, car ces personnes toutes très-occupées, non-seulement viennent
nous voir dans les ateliers, mais, avant notre
mise en liberté, elles nous visitaient à la Roquette, s'occupaient de nous faire sortir deux
ou trois ans avant le temps fixé par notre jugement, afin que nous puissions commencer un
apprentissage utile.

— Dis-moi, et ce sera ma dernière question,
si tu n'avais pas su lire et écrire, si tu n'avais
pas fait ta première communion, le patronage
t'aurait-il instruit sur tous ces points?

— Je ne saurais te répondre exactement ; je
crois qu'il y a peu de patronnés dans cette situation; mais, s'il y en avait, on ne manquerait pas

de leur donner, soit à l'asile, soit sous la sur-
veillance de leur chef d'atelier, ce complément
d'instruction.

— Quand cesseras-tu d'appartenir à cette
Société, Jules ?

— Lorsque je serai ouvrier et que je pourrai
me suffire à moi-même, car je considérerais
comme un vol de recevoir, plus qu'il ne serait
nécessaire, des secours qui seront après moi si
utilement accordés à de pauvres enfants libérés
comme moi de l'éducation correctionnelle.

Devenu ouvrier, je n'oublierai pas la rue Mézières. J'y reviendrai souvent, bien assuré d'y
trouver bon visage et sage conseil.

CHAPITRE X

OU L'ON RETROUVE BRADÈRE ET QUELQUES-UNS
DE SES ANCIENS AFFIDÉS.

CHAPITRE X

Où l'on retrouve Bradère et quelques-uns
de ses anciens affidés.

Jules Ségrain avait, on le voit, complétement mis à profit son temps d'apprentissage; il allait devenir ouvrier.

Un samedi soir, revenant de faire, pour le compte de son chef d'atelier, une livraison rue Le Peletier, il suivait le boulevard des Italiens, lorsqu'il fut accosté par un beau garçon élégamment vêtu, à la barbe bien peignée, aux façons dégagées.

— Tu ne me reconnais donc pas, Jules?
— Non, monsieur.

— Soldat ingrat! qui ne se souvient plus de son capitaine!... Je suis BRADÈRE!

Jules Ségrain fit un bond en arrière, l'atteinte d'un être malfaisant n'eût pas produit sur lui plus d'effet.

— Comme tu es devenu farouche, enfant! Crois-tu que je te veux du mal? Sois sans inquiétude. Je ne suis pas à l'aumône, tu le vois, continua Bradère en jouant négligemment avec une magnifique chaîne de montre en or. Quant à toi, je constate avec plaisir que tu es bien propret, bon visage, nippes en ordre... Il faut venir nous voir, mon garçon, tu retrouveras d'anciens camarades.

Ségrain, complétement dominé par cet aplomb et retenu par les souvenirs qui le liaient à son ancien chef, eut cependant le courage de murmurer :

— Cela m'est impossible ; je travaille, je veux

me conduire honnêtement, je suis très-surveillé, le moindre écart causerait ma perte

— Crois-tu donc, dit en riant Bradère, que je n'aie pas comme toi renoncé à Satan. Vois! ai-je l'air d'un filou? Comme toi, je travaille, ne me souciant pas de reprendre mes relations avec la préfecture de police. Viens nous voir demain Dimanche, à trois heures, rue de Seine, 19; tu me trouveras bien logé dans un petit entre-sol confortable, tu rencontreras d'anciens compagnons qui, eux aussi, ont grandi et prospéré : Arthur, Mathieu, Frédéric... bons travailleurs. Nous brûlerons un punch à notre avenir, en foulant aux pieds le passé; c'est convenu, tu viendras.

Ségrain, subjugué, répondit : « J'irai. »

Au moment où les deux anciens camarades se séparaient, deux agents de la police secrète, qui les surveillaient depuis un instant, les suivirent.

L'un accompagna Ségrain jusqu'à son atelier, rue du Grand-Chantier, et prit son nom chez le

8

concierge; l'autre, qui paraissait au courant des
allures de Bradère, l'observa de loin, jusqu'au
moment où, s'installant au café de la Rotonde,
au Palais-Royal, il se trouva particulièrement
placé sous l'œil des agents qui surveillent ce
rendez-vous des étrangers, des désœuvrés et des
chevaliers d'industrie.

Le lendemain, Dimanche, à deux heures,
Ségrain sonnait à la porte de Bradère. Le jeune
ouvrier ne s'était pas aperçu qu'un homme, caché
à l'angle de la rue du Grand-Chantier et de celle
des Audriettes, ne le perdant pas de vue, l'avait
escorté jusqu'au numéro 19 de la rue de Seine.

— Messieurs, voilà le petit Jules ! s'écria Bradère, un verre de punch pour lui. Allons !
renouvelez connaissance, vous autres : Mathieu,
Frédéric, Arthur...

L'appartement, dans lequel Ségrain retrouvait
ses anciens camarades, paraissait, au premier
abord, richement meublé; on pouvait à peine

circuler entre les meubles pressés dans cet étroit espace, les murs étaient couverts de gravures dans leurs cadres dorés; mais un œil plus exercé que celui du jeune ouvrier eût facilement reconnu que tout cela était sorti de la boutique d'un revendeur de bas étage.

Dix minutes s'étaient à peine écoulées au milieu des plaisanteries des amis de Bradère, rappelant les souvenirs déjà bien éloignés de la rue de la Calandre, lorsqu'on frappa discrètement deux coups à la porte.

Un homme âgé, à la figure abaissée, au regard oblique, fut introduit. Après s'être concerté avec Bradère, il considéra Jules Ségrain un instant et sortit.

— Amis! dit Bradère, le père Abraham nous propose une excellente affaire pour ceux d'entre nous qui sont *commis placiers en bijouterie;* il y aura des pièces de cent sous à récolter, nous en reparlerons... Mais, toi, Jules, combien gagnes-tu à ton métier?

— Je ne gagne pas encore, répondit modestement Ségrain dont la blouse contrastait avec les paletots des amis de Bradère; mon chef d'atelier me donne de temps en temps des gratifications; mais je vais devenir ouvrier à trois francs par jour à la fin du mois.

— Trois francs par jour! malheureux! Que dites-vous de cela, vous autres? Peut-on vivre avec trois francs par jour? Il n'y a pas un seul d'entre nous qui, en quelques heures, ne gagne de dix à vingt francs.

Ségrain ouvrit de grands yeux et ne put s'empêcher de dire : « Que faites-vous donc pour cela? »

— Tu es bien curieux, mon petit, répartit Bradère avec un sourire narquois; si tu voulais venir avec nous, tu gagnerais au moins autant. Tu es intelligent, adroit de tes mains, tu dois bien lire et écrire; prends cette plume, trace le nom : « Despargneux », avec un parafe; bon! puis, au-dessous, en plus fin : « Négociant, rue Saint-Lazare, 15 *bis* »; parfait! Ce n'est pas toi, gros lourdaud de Mathieu, qui as passé trois ans à piocher la terre en Algérie, qui en ferais autant. Mathieu, c'est notre homme de peine, notre commissionnaire ; sans nous, il cirerait des bottes au coin de la rue. Tu veux savoir, Jules, ce que nous faisons? Écoute, ceci est un secret… professionnel…; nous sommes cinq ici, mais nos amis sont nombreux ; si tu racontes ce que tu vas entendre, tu iras voir, avant un mois, s'il y a des poissons au fond du canal Saint-Martin; c'est moi, Bradère, qui te le jure. Tu as vu ce bonhomme, il y a un instant, un vénérable vieillard, le père Abraham ; c'est le premier recéleur de Paris, nous travaillons pour lui; ce mois-ci, nous lui avons fait réaliser pour dix mille francs de bénéfices, rien qu'en fréquentant assidûment les théâtres, les églises, les bals publics, les fêtes des environs de Paris, les mains dans nos poches et un peu dans celles du prochain; c'est très-amusant et tout à fait sans danger ; les badauds sont si distraits que nous avons toujours le temps de gagner le large avant que nos « *clients* » aient songé à s'apercevoir du train de grande vitesse que leur montre

8.

et leur porte-monnaie suivent dans les mains de nos camarades adroitement disséminés dans la foule.

Ségrain, pâle d'émotion, se leva pour gagner la porte.

La puissante main de l'agriculteur Mathieu le cloua sur sa chaise.

— Oh! oh! mon petit, tu veux déjà nous laisser compagnie! Parlons carrément. Es-tu des nôtres? Te voilà, ce soir, un peu ahuri, mais je te donne jusqu'à demain pour réfléchir; malheur à toi si tu dis un mot de ce qui vient de se passer ici, je te ferai ton affaire!

En prononçant ces paroles, Bradèro montrait du doigt un long couteau-poignard tout ouvert, posé sur la cheminée.

— A demain, Jules! s'écrièrent les affidés de Bradèro en reconduisant le jeune apprenti jusqu'à la porte.

CHAPITRE XI

SÉGRAIN EST PROVOQUÉ À VOLER SON CHEF D'ATELIER.

CHAPITRE XI

Malgré sa ferme résolution de résister à l'influence de Bradère, Ségrain n'était pas sans éprouver un vif sentiment de perplexité?

Quel parti devait-il prendre.

Confier à son chef d'atelier ce qu'il venait de voir et d'entendre, lui demander conseil; c'était sage, sans doute; mais cela amènerait une dénonciation de Bradère et de ses affidés, qui, certainement, se vengeraient.

En proie à ces incertitudes, Ségrain atteignit la journée du lendemain.

A l'heure ou les ouvriers sortent de l'atelier

pour prendre un instant de repos, Ségrain fut accosté par Bradère qui l'attendait dans la rue.

— Le temps convenu est expiré, lui dit-il, as-tu pris un parti?

— Je ne serai pas des vôtres.

— Réfléchis bien, Jules, nous ne sommes pas des novices, tu te repentiras de ta bêtise.

— Non, encore une fois, non ! laissez-moi, il n'y a plus rien de commun entre nous, vous seriez encore la cause de mon malheur.

— La chose est faite, imbécile, repartit Bradère avec rage, rappelle-toi la signature *Despargneux*, que tu as écrite sous ma dictée. Eh bien ! elle est précédée d'un engagement de cinq mille francs ; dans un mois, le billet sera présenté, la signature reconnue fausse, une lettre anonyme te dénoncera au Parquet et tu seras poursuivi.

Il y a un moyen bien simple d'arranger tout cela. Écoute, tu sais où se trouve la caisse de ton chef d'atelier, voici un paquet de fausses clefs, tu les essayeras ; et, quand tu en auras trouvé une qui entrera à peu près, tu la remarqueras

pour me la désigner, je me charge de la mettre
en état de fonctionner. La chose terminée, quand
tu seras maître du magot, tu viendras nous trouver..... Le billet Despargneux est déjà escompté
par le père Abraham, avec cela et ce que tu nous
apporteras nous pourrons quitter Paris, où déjà
nous sommes trop surveillés ; nous irons à Lon-
dres ; nous y avons beaucoup d'amis.

— Éloignez-vous au plus vite, s'écria Ségrain,
sinon, je vous fais arrêter à l'instant.

— Soit, repartit Bradère, tu auras de mes nouvelles !

CHAPITRE XII

SÉGRAIN QUITTE PARIS. CE QU'IL DEVIENT.

CHAPITRE XII

La menace de Bradère rendait l'hésitation impossible.

Jules demanda conseil à son chef d'atelier.

— Tu ne peux rester dans cette situation, mon brave Ségrain, allons sans plus tarder prévenir le commissaire de police du quartier. Il faut empêcher ces coquins de faire de nouvelles victimes et, avant tout, tu dois être protégé contre eux.

Dans la soirée, la police opérait une descente au domicile occupé rue de Seine par Bradère. Le

logement était vide, nul indice ne pouvait servir
à découvrir la trace de la bande.

La veille, le père Abraham était venu payer le
loyer; l'agriculteur Mathieu, déguisé en commissionnaire, avait déménagé le mobilier, laissant
sur le marbre de la cheminée une enveloppe de
lettre vide portant simplement ces mots au crayon :
partis pour Rotterdam !!

Ségrain, surpris par la rapidité des faits, n'a-
vait pu, comme dans d'autres circonstances diffi-
ciles qu'il avait traversées, recourir au tuteur
que la Société de patronage lui avait désigné ;
mais, dès que cela fut possible, il vint le voir et
le mit au courant de sa situation.

Des mesures furent prises, d'accord avec la
préfecture de police, pour protéger le jeune ouvrier contre l'effet des menaces de vengeance que
la bande Bradère pouvait mettre à exécution. On
pensa qu'il serait prudent d'éloigner Ségrain
momentanément de Paris ; son chef d'atelier lui
confia le soin de visiter sa clientèle dans les

départements du Calvados et de la Manche,
pour présenter des échantillons de sa fabrication
et recevoir des commandes.

En parcourant les villages des environs de Vire,
Ségrain retrouva la famille d'un de ses oncles; il
se fit reconnaître, raconta son histoire d'une façon si vraie que ses parents furent touchés et de
son malheur et du courage qu'il avait mis à ren-
trer dans la bonne voie.

Les relations de cette famille, honorablement
connue dans le pays, devinrent fort utiles au développement des affaires que Ségrain était chargé
de négocier, les résultats obtenus déterminèrent
son chef d'atelier à lui confier l'administration
d'une succursale de sa maison de Paris.

Cinq années s'étaient écoulées depuis que Ségrain était en possession de cette situation nouvelle; années de calme, de bonheur, récompense
de sa droite conduite.

De temps à autre, lorsque le soin de ses affaires lui en laissait le loisir, il venait voir la famille de son oncle au bourg de Martilly, près de
Vire. Ce n'était jamais sans émotion qu'il passait

devant le jardin où s'élevait jadis la masure que son père et lui avaient habitée.

Chaque voyage était l'occasion pour Ségrain d'un séjour de quelques semaines chez son oncle ; il profitait de cette résidence pour rayonner dans le département de la Manche et même en Bretagne, il visitait ses clients.

Au cours d'une de ces excursions, Ségrain avait, par une chaude et lourde journée du mois d'août, fait halte dans la petite ville de Villedieu-les-Poèles ; il attendait, assis sur le banc de l'hôtel de la Poste, que la fraîcheur du soir lui permît de continuer sa route vers Avranches, lorsqu'il vit s'avancer, au milieu d'un nuage de poussière, une voiture cellulaire accompagnée de deux gendarmes à cheval.

Le convoi s'arrêta devant l'hôtel, les gendarmes mirent pied à terre. Le brigadier, s'empressant d'ouvrir la portière de la voiture, dit à son camarade :

— La chaleur l'a suffoqué... il est complètement évanoui. Madame, ajouta-t-il en se tournant vers l'hôtesse qui était accourue avec tout son monde, vite une chaise, de l'eau et du vinaigre.

On descendit de la voiture cellulaire un homme qui pouvait avoir une trentaine d'années, ses traits amaigris, la pâleur verdâtre de son visage indiquaient une constitution usée, incapable de supporter la moindre fatigue.

Une garde-malade n'eût pas apporté plus de précautions que n'en mit le brave gendarme à poser son homme évanoui sur la chaise que la maîtresse d'hôtel plaça près du marchepied de la voiture. Grâce à des frictions énergiques le prisonnier se ranima.

Jules Ségrain s'était rapproché du groupe qui entourait la voiture cellulaire ; quel ne fut pas son étonnement en reconnaissant Bradère dans le prisonnier, objet de la curiosité publique.

— Madame, dit Ségrain en s'adressant à la

maîtresse d'hôtel, envoyez chercher un médecin
et qu'on donne à cet homme ce qui lui sera
nécessaire pour continuer sa route; il meurt
d'épuisement.

Bradère leva les yeux dans la direction de
celui qui venait de parler.

— Merci, dit-il en s'efforçant de se soulever
dans une attitude de respect que la souffrance
rendait plus humble encore... Vous avez pris la
bonne route;... Moi ! je vais mourir au mont
Saint-Michel,... je n'en ai plus pour longtemps...
Mourir à trente ans, alors que je devrais être
dans toute la force de la santé !... me pardonne-
rez-vous le mal que je vous ai fait ?

En achevant ces mots, Bradère manisfestait
par son geste, par l'expression de sa physionomie, une émotion sincère. Les traits de son visage, qui portaient la trace profonde de la misère
et de la débauche, s'étaient pour un instant comme
transfigurés, un reflet fugitif d'honnêteté avait

LE MONT SAINT-MICHEL

rapide comme l'éclair, illuminé ses yeux redeve-
nus presque aussitôt mornes et hébétés.

Le médecin demandé par Ségrain ordonna
quelques précautions à suivre dans le trans-
port du prisonnier. On lui fit prendre un cordial qui ranima ses forces.

La voiture cellulaire se remit en route pour
Avranches et le mont Saint-Michel.

— Tristes commencements et fin malheureuse, murmura Ségrain en suivant d'un regard
attristé la voiture cellulaire qui emportait vers
la dernière étape de sa vie l'ancien chef des
petits voleurs de la rue de la Calandre.

FIN

NOTES JUSTIFICATIVES

———

CRÉATION ET DÉVELOPPEMENT DE LA SOCIÉTÉ
POUR LE PATRONAGE DES JEUNES DÉTENUS ET
LIBÉRÉS DU DÉPARTEMENT DE LA SEINE.

Cette Société fut fondée, le 7 mars 1833, par MM. Charles Lucas et Bérenger de la Drôme [1].

Son histoire morale et financière se trouve tout entière dans les rapports présentés aux assemblées générales des membres de cette Société, par M. Bérenger, son président, par M. Musnier de Pleignes, président de son comité du matériel et des finances, par M. Victor Bournat, son dévoué secrétaire général, nommé en 1875 chevalier de la Légion d'honneur pour les services signalés rendus à la Société de patronage des jeunes détenus et libérés.

Parmi ces travaux qui font si bien connaître l'origine des mesures d'éducation correctionnelle appliquées à l'enfance, on doit consulter notamment le compte décennal présenté par M. Bérenger, le 14 juil-

———

1. Voir ci-après pages 111 et 113.

10

let 1844. On y voit les excellents résultats obtenus dès
les premières années; comment les récidives qui,
avant l'établissement de cette Société, étaient de 75
pour 100, s'abaissèrent progressivement jusqu'à 9
pour 100; comment le patronage des jeunes détenus
inspira la pensée de la fondation de la colonie de
Mettray au digne et charitable M. DE METZ, en juin
1839; comment le système d'éducation cellulaire
fut inauguré dès 1836, à la maison de la petite
Roquette; comment, sous la direction de M. le pré-
fet de police Gabriel DELESSERT, dont l'administration a laissé dans les annales de la ville de Paris un
souvenir respecté et durable, furent recherchés les
moyens les plus efficaces pour obtenir la régénération
des jeunes détenus; comment, enfin, une ordonnance
du roi Louis-Philippe, du 5 juin 1843, donna l'existence légale à la Société de patronage, en la reconnaissant comme établissement d'utilité publique.

Pendant les dix premières années, le patronage
s'exerça sur 1,065 enfants.

En 1846, un asile fut fondé rue Mézières, dans une
maison louée par la ville de Paris; cet immeuble ap-
partient aujourd'hui à la Société.

Pendant nos troubles publics, en 1848, le patronage
recueillit dans cet asile un grand nombre de ses enfants renvoyés de leurs ateliers restés sans travail,
il les empêcha d'aller grossir les rangs de l'insurrection; le nombre de nuits qu'ils passèrent à l'asile

s'éleva à 3,473, le chiffre des journées de nourriture atteignit 2,374. Le commerce, l'industrie, l'armée, la marine comptent un nombre très-important d'anciens libérés ramenés au bien par l'influence de l'éducation correctionelle.

Le nombre des anciens protégés de la Société de la rue Mézières, depuis sa fondation, atteint, en 1875, le chiffre de 6,000.

Complétons cette courte notice par quelques lignes consacrées aux deux hommes de bien : MM. Bérenger de la Drôme et Charles Lucas, fondateurs de cette Société.

Bérenger de la Drôme naquit à Valence le 31 mai 1785. Auditeur à la Cour de Grenoble (1808), il fut, en 1811, nommé avocat général. Député en 1815, il se fit remarquer par ses idées libérales. L'ouvrage qu'il publia sous ce titre : *De la Justice criminelle en France, d'après les lois permanentes, les lois d'exception et les doctrines des tribunaux,* lui mérita une légitime réputation. Élu de nouveau député de Valence, en 1827, à la presque unanimité des suffrages, il prit rang dans l'opposition libérale. En 1830, M. Bérenger se décida pour la politique que Casimir Périer défendit avec tant d'éclat ; à la mort de ce grand ministre, il prononça un discours remarquable. Élu plusieurs fois vice-président de la Chambre des députés, M. Bérenger présenta plusieurs rapports sur des lois importantes. Nommé membre de la Cour de cassation en 1831, il entra à l'Institut lorsque fut rétablie, en 1832, la classe les sciences morales et politiques ; il fit partie de la section de législation. Nous avons vu dans la note précédente quelle part il prit, en 1833, avec M. Charles Lucas, à la création de la Société pour le patronage des jeunes détenus et libérés du département de la Seine. En 1836, M. Bérenger publia un travail remarquable sur le système pénitentiaire. Nommé pair de France le 7 novembre 1839, il concourut à la discussion de nombreux projets de lois, notamment de celui destiné à la modification des lois criminelles. En 1843, il donna une édition en quatre volumes des œuvres de son compatriote Barnave. Président de la chambre civile de la Cour de cassation, en 1849, M. Bérenger fut, vers le même temps, investi de la difficile mission de présider la haute cour de justice qui siégea à Bourges et ensuite à Versailles pour juger les attentats commis les 15 mai 1848 et 13 juin 1849 contre la représentation nationale. L'Académie des sciences morales et politiques reçut de lui, en 1855, communication d'un travail très-estimé sur la répression pénale, ses formes et ses effets. Promu au grade de grand-officier de la Légion d'honneur le 5 août 1857, M. Bérenger fut, en 1860, atteint comme magistrat par la loi sur la limite d'âge ; il prit sa retraite, mais continua, jusqu'à sa mort, arrivée en 1866, à consacrer les forces toujours vives de sa belle

intelligence à sa chère Société de patronage. La bien-
faisance, a-t-on dit de lui, ne connaît pas de limite
d'âge. Ces dernières préoccupations d'un esprit aussi
éminent resteront comme l'un des plus beaux titres
d'honneur d'une vie si noblement remplie.

M. Bérenger de la Drôme a donné à la magistrature
et à la politique un fils : M. René Bérenger, avocat
général à Lyon en 1869, élu député de la Drôme
en 1871 et sénateur en 1875.

Lucas (Charles), né à Saint-Brieuc (Côtes-du-Nord),
en 1803, fut inscrit au tableau de l'ordre des avocats
de la Cour de Paris, en 1825, se fit remarquer par de
brillants débuts, et mérita le renom d'un économiste
éminent par diverses pétitions soumises aux Cham-
bres sur des questions d'instruction primaire et de
réforme pénitentiaire, notamment sur l'abolition de la
peine de mort. Attaché au ministère de l'intérieur, en
1830, il reçut bientôt le titre d'inspecteur général des
prisons. En 1831, il mérita le prix Montyon de
6,000 francs pour son étude du système pénitentiaire
en France et aux États-Unis. Nous avons vu qu'il fut,
en 1833, le promoteur de l'idée qui donna naissance à
la Société de patronage. Membre de l'Institut, en 1836,
académie des sciences morales et politiques, il devint

correspondant des principales sociétés instituées à l'étranger pour la réforme des prisons. M. Lucas fonda vers 1847 la colonie agricole pénitentiaire du Val-d'Yèvre, près Bourges. Officier de la Légion d'honneur en 1852, il fut, en 1853, nommé président du conseil des inspecteurs généraux, et promu commandeur de la Légion d'honneur en 1865. On lui doit de nombreux écrits sur le système pénal et la réforme des prisons, consignés dans les annales de l'Institut.

FIN DES NOTES JUSTIFICATIVES

TABLE

———————

GRAVURES

———————

PARIS. — TYP. A. POUGIN, 13, QUAI VOLTAIRE. — 3144

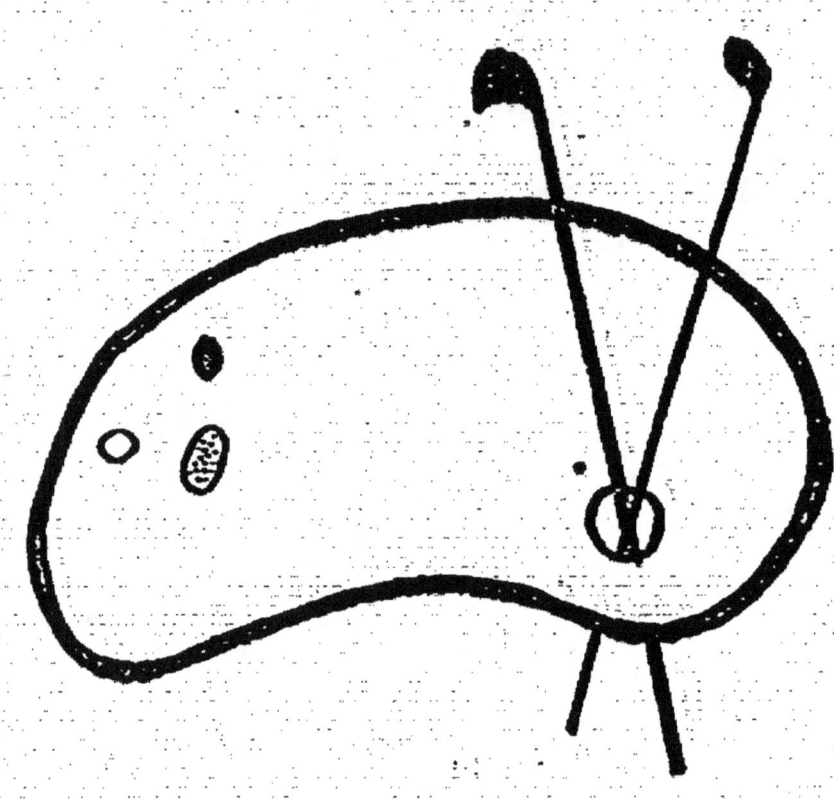

ORIGINAL EN COULEUR
NF Z 43-120-8

www.ingramcontent.com/pod-product-compliance
Lightning Source LLC
Chambersburg PA
CBHW060824250626
47162CB00005B/1932